CATALOGUE

MODÈLES

CREUX EN CUIVRE

POUR

LA FABRICATION DU ZINC D'ART

Avec droit de reproduction

Groupes, Statuettes
Pendules, Candélabres sans pieds
Attributs et Éléments divers

PROVENANT

De la Maison **BRETON** et **AUFRAY**

FABRICANTS DE BRONZE D'ART IMITATION

DONT LA VENTE AUX ENCHÈRES PUBLIQUES AURA LIEU

Par suite de fin d'association

74, RUE AMELOT, 74

Le Mardi 8 Mars 1898

À **UNE** HEURE ET DEMIE **PRÉCISES**

—⁓✦⁓—

COMMISSAIRE-PRISEUR

Mᵉ Frédéric LECOCQ

Rue Richer, 41

EXPERTS

M. A. DACHERY	M. LE MAIRE DEMOUY
7, Rue des Filles-du-Calvaire	Rue de l'Université, 10)

EXPOSITION PUBLIQUE

Les Dimanche 6 et Lundi 7 Mars 1898

DE 10 HEURES DU MATIN A 4 HEURES DU SOIR

PARIS — 1898

Vente BRETON et AUFRAY

Le Mardi 8 Mars 1898

A UNE HEURE ET DEMIE PRÉCISES

DANS UN LOCAL

74, RUE AMELOT, 74

MODÈLES

CREUX EN CUIVRE

POUR

LA FABRICATION DU ZINC D'ART

Avec droit de reproduction

PROVENANT

De la Maison BRETON et AUFRAY

FABRICANTS DE BRONZE D'ART IMITATION

PAR SUITE DE FIN D'ASSOCIATION

EXPOSITION PUBLIQUE

Les Dimanche 6 et Lundi 7 Mars 1898

DE 10 HEURES DU MATIN A 4 HEURES DU SOIR

COMMISSAIRE-PRISEUR

Mᵉ Frédéric LECOCQ

Rue Richer, 41

EXPERTS

M. A. DACHERY	M. LE MAIRE DEMOUY
7, Rue des Filles-du-Calvaire	Rue de l'Université, 10

PARIS — 1898

IMPRIMERIE MAULDE ET RENOU
———
MAULDE, DOUMENC & Cie
IMPRIMEURS DE LA COMPAGNIE DES COMMISSAIRES-PRISEURS
Rue de Rivoli, 144. — Paris

CATALOGUE

DES

MODÈLES

CREUX EN CUIVRE

POUR

LA FABRICATION DU ZINC D'ART

Avec droit de reproduction

Groupes, Statuettes
Pendules, Candélabres sans pieds
Attributs et Éléments divers

PROVENANT

De la Maison BRETON et AUFRAY

FABRICANTS DE BRONZE D'ART IMITATION

DONT LA VENTE AUX ENCHÈRES PUBLIQUES AURA LIEU

Par suite de fin d'association

74, RUE AMELOT, 74

Le Mardi 8 Mars 1898

À **UNE** HEURE ET DEMIE **PRÉCISES**

———✿———

COMMISSAIRE-PRISEUR

Mᵉ Frédéric LECOCQ

Rue Richer, 41

EXPERTS

M. A. DACHERY	M. LE MAIRE DEMOUY
7, Rue des Filles-du-Calvaire	Rue de l'Université, 10)

EXPOSITION PUBLIQUE

Les Dimanche 6 et Lundi 7 Mars 1898

DE 10 HEURES DU MATIN A 4 HEURES DU SOIR

PARIS — 1898

CONDITIONS DE LA VENTE

Elle sera faite expressément **au comptant**.

Les Acquéreurs paieront **cinq pour cent** en sus du prix d'adjudication.

Ils seront tenus de prendre la fonte brute existant pour certains des modèles au prix de **un franc** le kilo plus **cinq pour cent**.

Le poids de fonte sera annoncé au moment de la vente de ces modèles.

Il ne sera admis **aucune réclamation** une fois la **livraison opérée**.

TABLE

NOTA. — La vente commencera à **1 heure 1/2 précises**.

MAULDE, DOUMENC et Cie, imprimeurs de la Cie des Commissaires-Priseurs,
rue de Rivoli, 144   200—72321

DÉSIGNATION

GROUPES

1 — **Chemin des Roses**.

Par Auguste MOREAU.

14 creux cuivre, pesant 260 kilog.

2 — **Galathée**.

(Propriété pour le zinc seulement).

Par Mathurin MOREAU.

8 creux cuivre pesant 221 kilog. 100.

Avec deux pièces de rechange.

3 — **Amphitrite**, formant trois groupes.

Par Hippolyte MOREAU.

Fonte dans le sable.

4 creux cuivre pour le grand enfant, pesant 27 kil. 800.

4 — **La Romance**, formant trois groupes.

Par Mathurin MOREAU.

22 creux cuivre, pesant 317 kilog.

5 — **L'Automne**, formant trois groupes.

Par Auguste MOREAU.

28 creux cuivre, pesant 272 kilog. 400.

6 — **Retour des Champs.**

Par LAPORTE.

9 creux cuivre, pesant 99 kilog.

7 — **Premier Poisson.**

Par ANFRIE.

6 creux cuivre, pesant 153 kilog. 500.

(La ligne est en cuivre).

8 — **La Rencontre**, formant un groupe et deux paires de statuettes.

Par BRUCHON.

19 creux cuivre, dont trois de rechange pour les statuettes, pesant 185 kilog. 600.

(La faulx et le panier de fruits n'en sont pas. — La faucille et la gourde sont en cuivre).

9 — **Départ et Retour de Chasse**, formant deux groupes et deux paires de statuettes.

Par BRUCHON.

29 creux cuivre, pesant 259 kilog. 300.

(Le pied rond n'en est pas).

10 — **Paix et Abondance**, formant un groupe et une paire de statuettes et trois figures pour pendules.

Par

26 creux cuivre, pesant 280 kilog.

11 — **Le Duo**, formant un groupe et une paire de statuettes.

Par BRUCHON.

11 creux cuivre, pesant 114 kilog.

(Il y a deux bras de rechange pour pendule. La terrasse et le pied rond n'en sont pas. La plume est en cuivre).

12 — **Le Cadet de Gascogne,** formant un groupe et
une paire de statuettes.

Par BRUCHON.

9 creux cuivre et un bras fondu dans le sable, pesant
145 kilog. 700.

(La terrasse n'en est pas. Le sabre est en cuivre).

13 — **Galilée.**

Par BRUCHON.

9 creux cuivre, pesant 133 kilog. 800.

14 — **Mignon.**

Par BRUCHON.

5 creux cuivre, pesant 50 kilog. 800.

15 — **Le Chant et le Faucheur.**

Par BRUCHON.

10 creux cuivre, pesant 149 kilog. 600.

16 — **La Musique.**

6 creux cuivre, pesant 57 kilog. 700

STATUETTES

17 — **Tempête** et **Sauveteur.**

Par Auguste MOREAU.

17 creux cuivre, pesant 398 kilog.

18 — **Coup de Vent** et **Beau Temps,**

Par BRUCHON

16 creux cuivre, pesant 363 kilog.

19 — **Corde brisée** et **Inspiration.**

Par Auguste MOREAU.

20 creux cuivre, pesant 483 kilog. 500

20 — **Départ** et **Retour au Village.**

Par ANFRIE.

16 creux cuivre, pesant 255 kilog. 600.

(Le pied rond n'en est pas).

21 — **Siffleur** et **Insouciante.**

Par BRUCHON.

9 creux cuivre, pesant 183 kilog. 500.

(Le pied rond n'en est pas).

22 — **La Cigale et la Fourmi.**

10 creux cuivre, pesant 107 kilog. 400.

23 — **Les Femmes moyen-âge.**

Par

9 creux cuivre, pesant 94 kilog. 100.

24 — **Bataillon scolaire.**

Par BRUCHON.

5 creux cuivre, pesant 47 kilog. 500.

(Le fusil et le sabre sont en cuivre).

25 — **Pâquerette.**

7 creux cuivre, pesant 55 kilog. 600

26 — **Les Volontaires de 89.**

Par POITEVIN.

Fonte dans le sable.

PENDULES

27 — **L'Aurore,** avec vases, formant pendule socle zinc, formant pendule socle marbre et groupe.

Par Mathurin Moreau.

39 creux cuivre, pesant 676 kilog. 700.

28 — Pendule **Les Saisons**, avec pieds de candélabre formant pendule zinc, formant pendule socle marbre, un groupe.

Par Auguste Moreau.

33 creux cuivre, pesant 412 kilog. 600.

29 — Socle de Pendule **Galathée**, avec pied.

14 creux cuivre, pesant 307 kilog. 500.

30 — Socle de Pendule **Louis XVI**, avec pied.

Par Rolland.

13 creux cuivre, pesant 261 kilog.

31 — Socle de Pendule la **Rencontre**, avec pied.

Par Rolland.

7 creux cuivre, pesant 212 kilog. 600.

32 — Pendule **La Fontaine**, avec pied, se fait en pendule socle marbre et groupe.

Melotte, *sculpteur*.

18 creux cuivre, pesant 534 kilog. 200.

33 — Pendule **Jean-Bart** avec pied.

Par Melotte.

15 creux cuivre, pesant 437 kilog. 500.

34 — Pendule **Roméo et Juliette**, avec pied.

Par Melotte.

18 creux cuivre, pesant 457 kilog. 650.

35 — Pendule **La Vendangeuse**, avec pied de candélabre.

Par Melotte et Bruchon.

13 creux cuivre, pesant 340 kilog. 600.

36 — Socle de Pendule **Cadet de Gascogne**, avec pied
de candélabre.

Par Melotte.

5 creux cuivre, pesant 216 kilog. 200.

37 — Pendule **Récréation** avec pied de candélabre,
formant pendule : Leçon de dessin.

27 creux cuivre, pesant 380 kilog. 600.

38 — Pendule **Cueillette** avec pied de candélabre.

18 creux cuivre, pesant 340 kilog. 900.

Nota. — Le groupe *Galilée*, vendu à part, va sur
socle en forme pendule.

39 — Pendule **Fille aux Cerises**, avec pied de candélabre (sans la cage).

10 creux cuivre, pesant 268 kilog. 500.

40 — Socle de Pendule **Mélodie**, avec pied.

6 creux cuivre, pesant 107 kilog. 800.

41 — Pendule **le Moniteur**, avec pied de candélabre.

15 creux cuivre, pesant 257 kilog. 200.

42 — Pendule **Oiseau captif**, avec pied de candélabre
et attributs formant deux socles différents.

22 creux cuivre, pesant 304 kilog.

43 — Socle **Mignon** avec pied de candélabre.

> 7 creux cuivre, pesant 160 kilog. 200.

44 — Socle **Retour des Champs** avec pied de candélabre.

> 8 creux cuivre, pesant 183 kilog. 500.

45 — Socle **Romance** avec pied.

> 10 creux cuivre, pesant 163 kilog. 100.

46 — Pendule **Pâquerette** avec cage, sans figure.

> 8 creux cuivre, pesant 104 kilog. 900.

47 — Pendule **les Fauvettes** avec pied.

> 20 creux cuivre. pesant 234 kilog. 600.

> Se fait socle marbre avec une cage et des attributs à part.

48 — **Le Cid**, n° 1, avec moulure du pied.

> 23 creux cuivre, pesant 408 kilog. 500.

49 — **Le Cid**, n° 2, avec moulure du pied.

> 18 creux cuivre, pesant 271 kilog. 800.

50 — Groupe **le Cid**, n° 3.

> 9 creux cuivre, pesant 86 kilog. 500.

CANDÉLABRES SANS PIEDS

51 — Candélabre **La Fontaine** (complet), compris
bobèche, bassin et flamme.

> 9 creux cuivre, pesant 65 kilog. 800.

52 — Candélabre **Roméo,** formant buire, le vase complet, la branche, le bec et l'anse de la buire.

7 creux cuivre, pesant 69 kilog. 900.

53 — Candélabre **Jean-Bart,** comprenant seulement le vase sans piédouche et la branche.

5 creux cuivre, pesant 46 kilog. 300.

54 — Candélabre **Vendangeuse** (complet), compris bobèche, bassin et flamme.

9 creux cuivre, pesant 47 kilog.

55 — Candélabre **Chêne** (complet), compris bobèche, bassin et flamme.

11 creux cuivre. pesant 47 kilog. 500.

56 — Candélabre **Boule,** comprenant un vase complet et la branche.

6 creux cuivre, pesant 31 kilog.

57 — Candélabre **le Chant,** vase complet et la branche seulement.

5 creux cuivre, pesant 40 kilog. 600.

58 — Candélabre **Fille aux Cerises,** formant buire, se composant du vase complet, de la branche, du bec et de l'anse de la buire.

8 creux cuivre, pesant 61 kilog. 100.

59 — Candélabre **Rencontre,** comprenant le vase complet et la branche.

5 creux cuivre, pesant 52 kilog. 800.

60 — Candélabre **Cueillette,** comprenant deux vases complets et la branche.

10 creux cuivre, pesant 75 kilog. 500.

61 — Candélabre **Oiseau**, comprenant vase complet, deux anses de vases et la branche.

7 creux cuivre, pesant 33 kilog. 900.

62 — Candélabre **les Saisons**, comprenant deux branches, deux brandons, un bassin.

5 creux cuivre, pesant 38 kilog.

63 — Candélabre **Galathée**, formant deux buires, y compris bobèche, bassin, bec et anse de buire, femmes et chimères pour les buires.

29 creux cuivre, pesant 223 kilog. 300.

64 — Vase **300,** sans piédouche.

3 creux cuivre, pesant 22 kilog. 300.

ATTRIBUTS ET ÉLÉMENTS DIVERS

65 — Une **Chèvre**.

2 creux cuivre, pesant 20 kilog. 400.

66 — Pied de **Candélabre**.

1 creux cuivre, pesant 26 kilog. 500.

67 -- **Trophée drapeau**.

1 creux cuivre, pesant 16 kilog. 700.

68 — Lyre **à tête**, avec bouquet.

3 creux cuivre, pesant 18 kilog. 800.

69 — **Colonne**.

1 creux cuivre, pesant 18 kilog.

70 — Une **Cage** et un **Attribut** faisant pendule marbre
avec les fauvettes sans l'oiseau.

2 creux cuivre, pesant 54 kilog. 600.

71 — Un **Trophée Joueur**, avec drapeau et tambour.

1 creux cuivre, pesant 25 kilog. 800.

72 — Grande **Fleurette** avec deux oiseaux.

3 creux cuivre, pesant 26 kilog. 500.

73 — Un **Rinceau**, côté de cage.

1 creux cuivre, pesant 9 kilog. 400.

74 — Une **Anse** et un **Bec** de buire.

2 creux cuivre, pesant 19 kilog. 100.

75 — Une **Coupe** sans pied avec pièce de milieu en
cuivre.

2 creux cuivre, pesant 18 kilog. 200.

76 — Une **Anse** et un **Bec** de buire.

2 creux cuivre, pesant 21 kilog. 900.

77 — Une **Barrière de cage**.

1 creux cuivre, pesant 10 kilog. 300.

78 — Une **Branche** de candélabre.

1 creux cuivre, pesant 6 kilog. 350.

79 — Une **Anse** de vase.

1 creux cuivre, pesant 3 kilog. 850.

80 — Un **Trophée de Bûcheron**.

1 creux cuivre, pesant 20 kilog.

81 — Deux **Griffes** n° 3, pour pendule et candélabre
marbre.

2 creux cuivre, pesant 11 kilog. 750.

82 — Une **Applique** pour pendule marbre.

1 creux cuivre, pesant 7 kilog. 500.

83 — Deux **Griffes** n° 2, pour pendule et candélabre marbre.

2 creux cuivre, pesant 14 kilog. 150.

84 — Une **Applique**, figure pour pendule marbre.

1 creux cuivre, pesant 7 kil.

85 — Une **Applique** pour pendule marbre.

1 creux cuivre, pesant 8 kilog. 400.

86 — Deux **Griffes** n° 1, pour pendule et candélabre marbre.

2 creux cuivre, pesant 13 kilog. 500.

87 — Deux **Appliques**, figures pour pendule et candélabre marbre.

2 creux cuivre, pesant 22 kilog. 500.

88 — Une **Applique**, tête de lion, pour vase.

1 creux cuivre, pesant 2 kilog. 950.

89 — Un **Piedouche** de vase.

1 creux cuivre, pesant 6 kilog. 200.

90 — Un **Bassin** à feuille.

1 creux cuivre, pesant 4 kilog. 350.

91 — Une **Griffe Chimère**.

1 creux cuivre, pesant 7 kilog. 750.

92 — Un **Tambour de basque.**

1 creux cuivre, pesant 5 kilog. 100.

93 — Un petit **Balustre** à feuille.

1 creux cuivre, pesant 4 kilog. 300.

94 — Un grand **Piédouche** de vase.

1 creux cuivre, pesant 5 kilog. 500.

95 — Un grand **Bassin** à feuille.

1 creux cuivre, pesant 5 kilog. 300.

96 — Un petit **Livre** et une **Couronne.**

1 creux cuivre, pesant 4 kil. 650.

97 — Une **Tête de Lion** applique.

1 creux cuivre, pesant 4 kil. 450.

98 — Un **Bouquet de Fleurs,** pour dessus de vase.

1 creux cuivre, pesant 8 kilog. 500.

99 — **Lyre,** attribut de dessus de cage.

1 creux cuivre, pesant 9 kilog. 300.

100 — Une **Colonne** d'enfilage à tête.

1 creux cuivre, pesant 7 kilog. 350.

101 — Une **Anse** de vase.

2 creux cuivre, pesant 4 kilog. 250.

102 — Une Pièce **unie.**

1 creux cuivre, pesant 2 kilog. 350.

103 — Une petite **Colonne.**

1 creux cuivre, pesant 3 kilog. 950.

104 — Un petit **Balustre.**

1 creux cuivre, pesant 3 kllog. 850.

105 — Un petit **Oiseau.**

1 creux cuivre, pesant 2 kilog. 300.

106 — Un petit **Balustre.**

1 creux cuivre, pesant 2 kilog. 600.

107 -- Une **Colonne** d'enfilage.

    1 creux cuivre, pesant 1 kilog. 950.

108 — Une **Colonne unie** d'enfilage.

    1 creux cuivre, pesant 4 kilog. 100.

109 — Une **Applique** de cage pour pendule marbre, allant avec le *Galilée*.

    2 creux cuivre, pesant 15 kilog. 300.

110 — Une **Guirlande de laurier.**

    1 creux cuivre, pesant 1 kilog. 250.